ホームレス川柳

野良猫が
俺より先に
飼い猫に

興陽館編集部

興陽館

【ホームレス】……決まった住居を持たず、公園や路上で生活する人々

【川柳】……五七五音で人生・人間の心、人の世を詠む詩

目次

カバー・本文イラスト　山元かえ
ブックデザイン　武田厚志（SOUVENIR DESIGN INC.）

……

生きることのいろいろ

生きる

野良猫と野良犬と俺野良びとか

大濠藤太

生きる

生きる

野良猫が俺より先に飼い猫に

大濠藤太

生きる

ホームレス卒業式はいつくるの

生きる

沢野健草

生きる

生きる

見てしまう故郷行きの高速バス

沢野健草

○○行

生きる

前向いて歩いたつもりが後ろ向き

髭戸　太

生きる

借りている体も服も名前さえ

生きる

読者A子さん

ホームレス
長すぎたのか
ホープレス

生きる

山本一郎

生きる

サンタさん 連れて行ってよ ふるさとへ

沢野健草

生きる

生きる

ホームレス
なったら変わる
金の価値

大濠藤太

立春も
我が身の春は
蜃気楼

生きる

沢野健草

生きる

一人でも
泣く人いたら
生きること

大濠藤太

さあ寝よう
夢の中では
一般人

沢野健草

生きる

川柳に今の自分を省みる

生きる

麺好　司

春来れど
卒業出来ぬ
この世界

生きる

麺好　司

生きる

五月晴れ
ただのんびりと
時が逝く

沢野健草

生きる

シケもくが
値上げなくとも
当たり前

髭戸 太

思うまま
使える金の
ありがたさ

麺好 司

したい事
山ほどあれど
金は無し

麺好 司

夢つかむ
宝くじ買う
金もなし

麺好 司

春うらら
心うきうき
なるわけねえ

沢野健草

故郷に
針のむしろも
待っている

髭戸 太

暮らしのこれそれ

暮らし

寝袋に
花びら一つ
春の使者

沢野健草

暮らし

暮らし

寝床から
ツクシが芽だす
春景色

大濠藤太

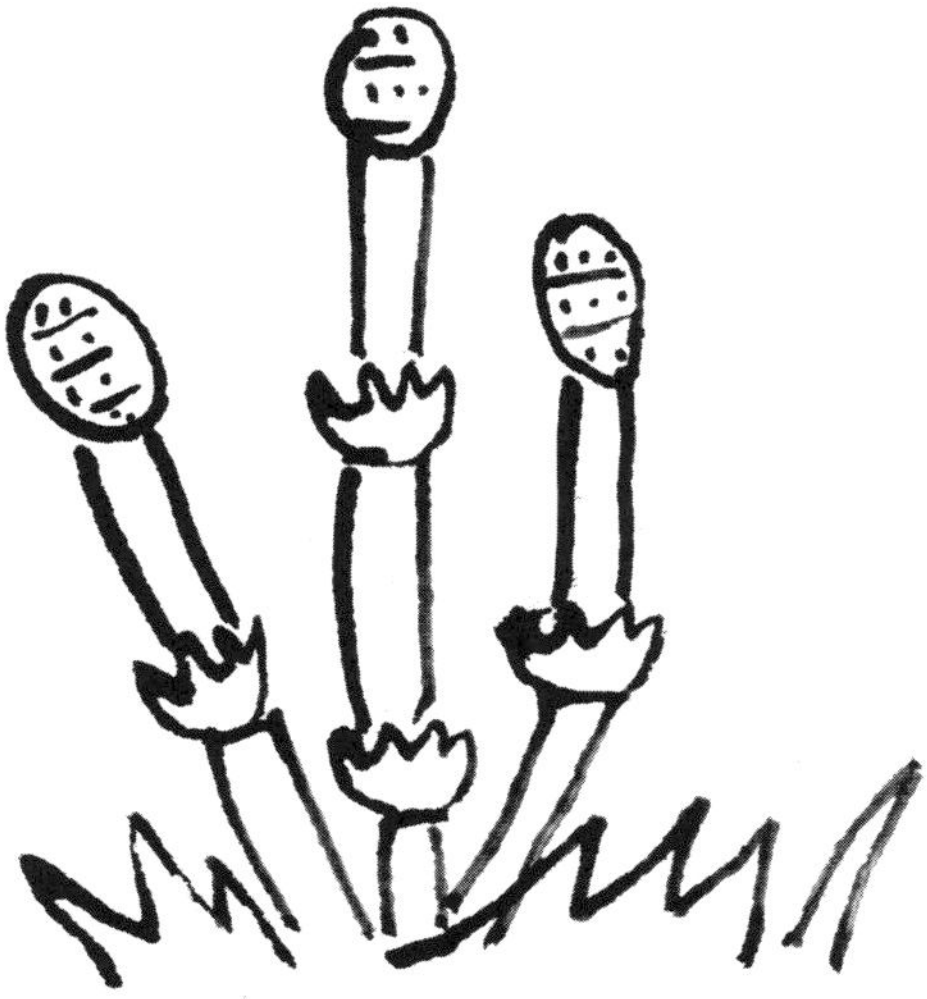

暮らし

暮らし

夜に雨 深い眠りの 頬濡らす

髭戸 太

暮らし

ダンボール
3分過ては
我が家かな

麺好 司

暮らし

暮らし

ダンボールきれいにできた一戸建て

村中小僧

暮らし

ダンハウス
中の暗闇
浮かぶ故郷

髭戸 太

暮らし

寝袋をたたく霙で目を覚ます

村中小僧

連休を楽しんでいるエブリデイ

暮らし

髭戸 太

家なき子
その通りだよ
今の身は

生きる

生きる

暮らし

放り投げ
故郷はすでに
投げている

沢野健草

駅に寝て電車乗る日はいつのこと

髭戸　太

暮らし

暮らし

春の夜は同じ寝床の猫元気

大濠藤太

暮らし

暮らし

野良猫と同じ寝床で暖をとる

大濠藤太

暮らし

まだ寒い
早く来てくれ
春の音

沢野健草

雨続き
どこにも行けず
長い日々

暮らし

麺好　司

この暮らし先は長いぞ気が重い

沢野健草

野良猫が同情してそな眼をしてる

沢野健草

暮らし

秋雨がベンチ濡らして寝床無し

髭戸　太

百円の
枕でみる夢
安そうだ

暮らし

沢野健草

暮らし

節分だ
服はあるけど
ウチはない

沢野健草

春になり
やっと帰れる
マイベンチ

髭戸 太

あたたかい
陽射しに合わせ
場所移動

村中小僧

宿なしは
「福は外」へと
大豆をまく

麺好 司

寝場所変え
気分一新
初日の出

麺好 司

百円で
買ったシートが
我の部屋

髭戸 太

食べること　あれこれ

食べる

たまに飲む
酒もわびしい
うきよ酒

沢野健草

酒

食べる

吹きだしのカレーは今日も星三つ

大濠藤太

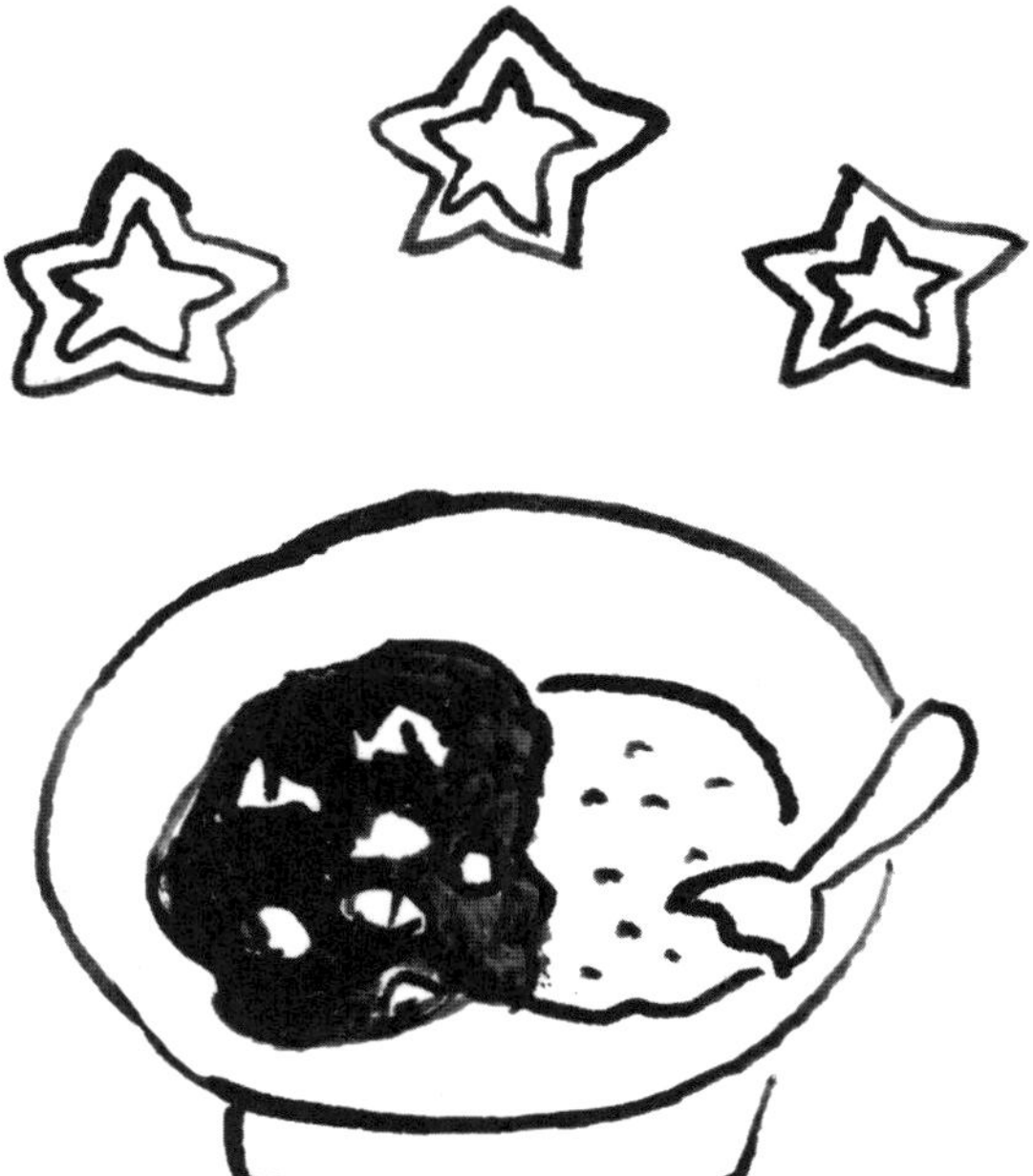

食べる

初詣
さい銭なしで
叶うかな

食べる

大濠藤太

賽銭

食べる

節分や
豆をまかずに
口もとへ

髭戸 太

食べる

炊き出しの焼き肉食べて笑顔咲く

村中小僧

味気ない
パンにマヨ付け
ご馳走に

麺好 司

食べる

食べる

秋深し
いつもといっしょ
並び食い

髭戸 太

百円で
飲めるチューハイ
届かぬ手

食べる

髭戸　太

食べる

炊きだしの冷たい水はご馳走だ

大濠藤太

滝の汗
それでも食べる
だんご汁

髭戸　太

食べる

食べる

炊き出しのトン汁の他おかず無し

髭戸太炊き

食べる

食べる

鍋料理食べてた日々は走馬灯

沢野健草

夕立の
雨入りカレー
おつなもの

食べる

沢野健草

食べる

試食品あれば歩いてどこまでも

髭戸　太

肥えてきた
揚げ物多い
期限切れ

食べる

髭戸　太

食べる

パンにかび
カラスの気分にゃ
まだなれぬ

沢野健草

食べる

食べる

腹へった 公園の鳩 美味く見え

山本一郎

食べる

湯が無いな もらったラーメン 生かじり

沢野健草

ラーメン

冷水も
今の身分じゃ
生ビール

沢野健草

たまに飲む
酒もわびしい
うきよ酒

沢野健草

炊き出しの
カレーを毎日
たべたいな

髭戸 太

花見客
帰れば始まる
争奪戦

髭戸 太

カレーより
冬を感じる
シチューかな

麺好 司

バレンタイン
世相反映
給付チョコ

村中小僧

着ること なにがし

着る

服支給バーゲンみたいな争奪戦

村中小僧

着る

着る

一着の防寒服が宝物

村中小僧

着る

着る

この暮らし 旬も流行も ありゃしない

村中小僧

防寒着
重ね重ねて
メタボ君

沢野健草

着る

年末は
おこたで紅白
見てみたい

着る

髭戸　太

紅
白

着る

汗臭さ
両手で足りない
前の風呂

髭戸　太

暖かさ
増せば増すほど
臭い増す

髭戸　太

着る

着る

銭湯に入ったその日が記念日だ

沢野健草

着る

髪の毛に
ブラシ入れぬが
トレンドさ

沢野健草

着る

いい天気
木の枝下がる
衣文掛け

髭戸　太

経費ゼロ
我らの引っ越し
バック2個

着る

沢野健草

着る

五月晴れ
川で洗濯
岩に干し

髭戸　太

靴下は
毎日洗うも
靴臭し

着る

髭戸　太

着る

福袋 俺のリュックは服袋

村中小僧

厳寒の寒さ凌ぎに歩いてる

着る

髭戸太

Tシャツを
毎日交換
してみたい

髭戸 太

コンビニを
気軽に利用
過去の事

麺好 司

入浴剤
もらったけれど
風呂はない

髭戸 太

我がベッド
朝になったら
ゴミ置き場

髭戸 太

立春に
鬼もこごえる
青天井

髭戸 太

濡れ下着
乾燥器具は
体温だ

沢野健草

友達って どれこれ

友達

悪いなあ
仲間で占領
木のベンチ

沢野健草

友　達

友 達

ホームレスなって倍増お友達

髭戸 太

友はある
つまみと酒が
あったらなー

髭戸　太

友達

我々は日蔭で涼む日蔭者

沢野健草

友達

五月病
なっても誰も
気にしない

沢野健草

友　達

友達

名も知らぬ
話し相手に
あだ名付け

麺好　司

同い齢
見かけが違う
ホームレス

友　達

麺好　司

友達

陽が差して
ベンチ起きれば
鳩迎え

髭戸　太

友　達

友達

星空を眺めて寝てたら流れ星

村中小僧

友 達

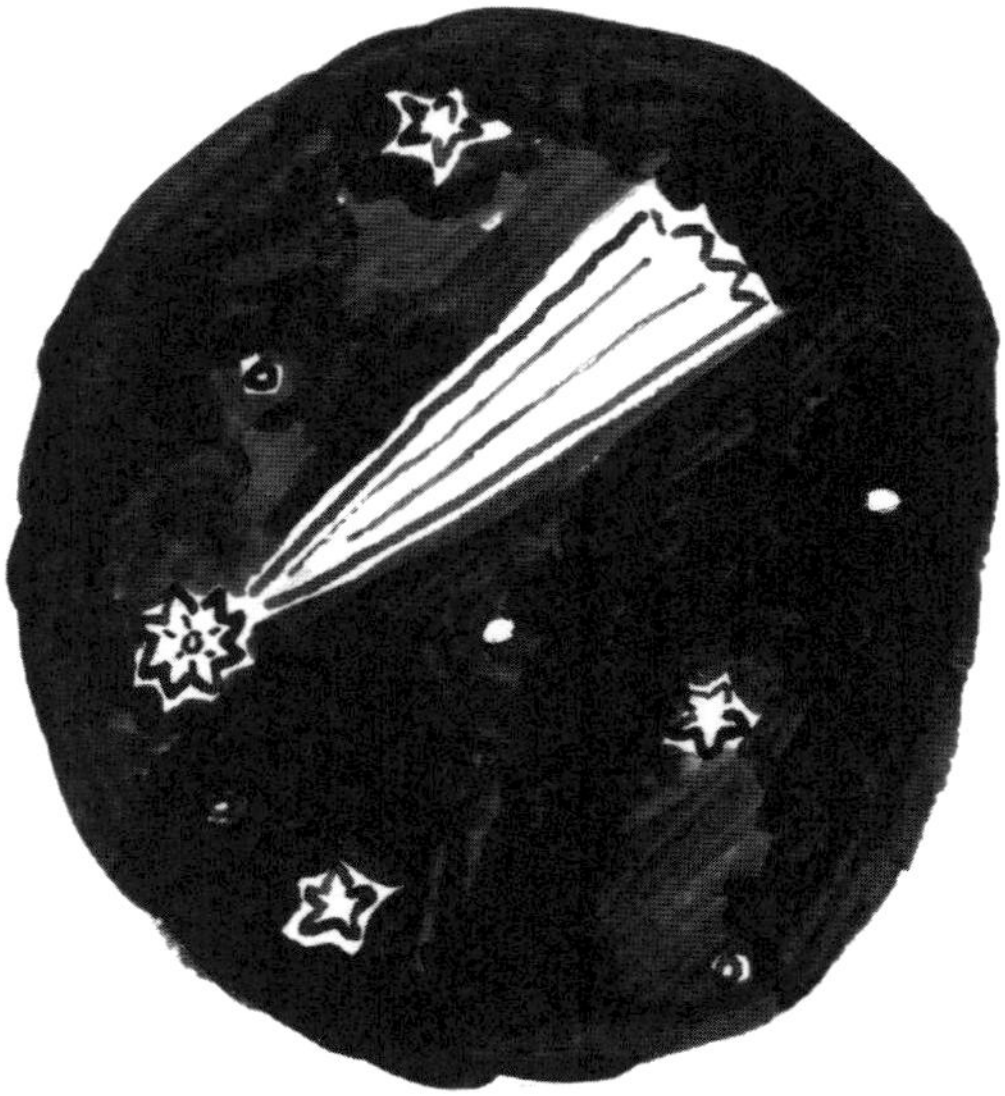

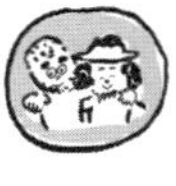

友達

何処居ても
信用できぬ
他人の中

麺好　司

クリスマス水道水で乾杯だ

友達

沢野健草

友達

立ち話
顔知ってても
名は知らず

村中小僧

保護もらい
友が路上から
消えてゆく

友達

沢野健草

友達

白昼夢？
仲間みんなで
鍋パーティー

髭戸 太

この世界
サイトには無い
出会い系

村中小僧

寒いけど
大地に抱かれ
眠りつく

大濠藤太

陽だまりは
ホームレスにも
暖かい

髭戸 太

初詣
神様よりも
足元を

髭戸 太

蝉時雨
あせもが求む
天花粉

髭戸 太

仕事やお金の もろもろ

仕事した
給料貰った
ああ夢か

仕事・お金

髭戸　太

給料

仕事・お昼

暇つぶし
居眠り立ち読み
街めぐり

村中小僧

仕事・お金

職探し
自分の場合
食探し

沢野健草

買いたいが
立ち読みばかり
許してね

大濠藤太

仕事・お金

仕事・お金

給付金 夢の中では 使ってる

沢野健草

街角できいたあだ名にドキッとし

仕事・お金

村中小僧

アルミ缶
昔は捨てた
今拾う

仕事・お金

大濠藤太

仕事・お店

髭づらに
ティッシュ配りの
手が引ける

仕事・お金

髭戸　太

サクラ散る五十路過ぎてのリクルート

髭戸 太

仕事・お金

仕事・お金

安財布
熱くなっても
中寒し

沢野健草

仕事切れ
元の寝ぐらに
Uターン

村中小僧

バイト代
食費の比率
十割だ

沢野健草

めまいする
立ち読みはじめて
八時間

沢野健草

アルミカン
捜し求めて
三千里

沢野健草

一覚え
三四忘れる
今の俺

麺好　司

老いや死のそれぞれ

救急車
そのうち世話に
なるからね

沢野健草

老い・死

老い・死

親になる夢を見ながら親不孝

髭戸 太

墓参り
先祖もがっくり
してるだろ

老い・死

沢野健草

○×家

老い・死

この世界
保護かあの世が
卒業だ

沢野健草

老い・死

老い・死

手を上げて探しているのは蜘蛛の糸

髭戸　太

暮らし

入る墓
無いから百まで
生きよかな

沢野健草

暮らし

公園で
自分もなるかな
変死体

沢野健草

困った時
神か仏の
父と母

麺好　司

あの世での
伴侶の顔は
露に消え

髭戸　太

寒いなあ
寝床も財布も
老後まで

沢野健草

目が開けば
飛び込んでくる
青い空

髭戸　太

初夢は
ベッドで初夢
見てる夢

村中小僧

終わりに

路上から見えてくるもの

本書は、６人のホームレスの方の作品で構成されています。

福岡の公園の同じ寝床で暮らす仲間が、路上生活のささやかな楽しみとして書きだしたのがはじまりのようです。

メンバーは、麺好司さん、髭戸太さん、山本一郎さん、沢野健草さん、大濠藤太さん、村中小僧さん。

年齢は40代から60代。みんなでわいわい言いながら、路上生活のなぐさみとして、また時間つぶしとして、作られました。


ここから、いくつもの名作が生まれました。

それぞれが自らの境遇を嘆きながら、思い返しながら、ときにはやけくそになって自虐的に笑いとばしています。

そして、笑いのなかにも哀切があって、心にじんわりきます。

たとえば、次の一句――。

野良猫と同じ寝床で暖をとる

ホームレスにとって、猫は、身近な孤独を支えてくれる仲間でもあり、友人だというのがよくわかる句です。

路上で暮らすということは、人も猫も犬もわけ隔てなく、同じ生き物にしていくようです。生きることに、上下はありません。

ときには暖めあい、身を寄せ合いつつ、ともに暮らしています。

極限の暮らしは、普段みえないことも、みえてくるようです。

6人が集まって書き出した川柳ですが、このうちの髭戸太さんと山本一郎さんは、それ以前から、雑誌『ビッグイシュー』を路上で手売りしていました。

なんとか販売数を増やそうと、読者プレゼントとして、『ビッグイシュー』が出るたびに作品を20句ずつ挟んで配り始めました。

雑誌は月二回発売されるため、二年弱で川柳は800句にもなりました。

その中から300句を抜きだして作られたのが『路上のうた』（ビッグイシュー編集部）です。

今回、そこに載せられなかった500句を中心に、『路上のうた』の主な作品も収録、137句を選び抜きました。

分類は、「生きる」「暮らし」「食べる」「着る」「仕事・お金」「友達」「老い・死」の七項目。ここに山元かえさんのイラストがすばらしい味わいを添えてくれています。

川柳としてのおもしろさだけではなく、そこに路上の暮らしのありのままをかいま見ることができます。

人生は可笑しくて、悲しくて、優しい。

ホームレスの人をずっとそばで見つめ続けてきた『ビッグイシュー』代表の佐野章二さんは、人はなぜホームレスになるのか、なぜホームレス川柳がうまれたのかについて、こんなふうに語ってくれました。


「人はなぜホームレスになるのか。

まず仕事を失って、収入がなくなる。そして家賃が払えなくなって、住居を失う。

その二つでもうホームレスになる条件は整います。でも、それだけではありません。

助けを求められる身近な絆がある人は、すぐにはならない。

絆もない、あっても失うという3つ目の条件が揃ってはじめて、ホームレスになる。

入口は失業問題ですから経済の問題なのですが、ホームレス状態をつづけるってことは、絆の断裂が原因です。

彼らは一人ぼっちになってホームレスになるのです。彼らの状況は社会的『孤立』だと思うんですよ。

『孤独』ではなく『孤立』。

『孤独』は一人になって自分を見つめ考えることだから、大切なことです。

『孤立』は、モノを考えるということ自体が、もうどうでもよくなるということです。ですから、そういう意味では、表現をすること自体を奪われる状態が、ほんとうのホームレス状態だと思うんです。

ただ、そういう孤立と直面しても、同じように孤立と直面している仲間がいて、それをみんなが共有したとき、表現したり作品を作ることができるのかもしれない。

それがこのホームレス川柳ができた源泉にあるのかなと、そんな風に思いますね。

普通の人間が、『路上で暮らす』状況に陥ったらね、まあ、ぐうの音も出ない、表現もできないんだけれども、仲間がいれば『人間怖いものはない』って思える。逆に、人間が人間であるという証しから、こういう作品が生まれてきたのかな、という気はします。

もうひとつ、ホームレス状態っていうのは本来は深刻な問題だけれども、日々の暮らしだから深刻にばかりなってはいられない。極限に追い込まれて、なおかつ生き延びる方法が、日常的な言葉で、日常的な場面で、日常的な行為を通して語られているというところが、このホームレス川柳の面白いところじゃないかという気がします。

気軽に読んでいただいて、『そうなんだ、そういうこともありか！』と笑って我が身を振り返っていただければうれしいですね」

（佐野章二さん）

たしかに、あらためて読みかえしてみると、どの句からもホームレスの暮らしからうまれた、生きる声が聞こえてきます。

「生きる」ということは、普段なかなか考えないことだけれど、それは食べることであり、寝ることであり、毎日を暮らすこと。

彼らは、その日ぐらしの生活の中で、仲間と日々を笑いにすることで、少しでも一日を楽しくしようとしている。

「生きる」ということを見つめたとき、この作品からは本来の人間の姿が浮かびあがってきます。

それは、多くの人が見逃している、「人間の姿」そのものだったりします。

生きるって、やはり、すごいことなんだと実感させてくれます。

可笑しくて、悲しくて、優しい。

この一冊が、みなさんの人生を見つめなおすきっかけになれば、このうえない喜びです。

最後になりましたが、作品を書かれた6人のホームレスのみなさん、麺好司さん、髭戸太さん、山本一郎さん、沢野健草さん、大濠藤太さん、村中小僧さん。みなさんの作品を、こうしてまとめさせていただき、上梓できることをうれしく思います。

イラストレーターの山元かえさん、デザインとアートデレクションの武田厚志さんにもお世話になりました。

そして、本書の刊行にあたり、ご協力いただきましたビッグイシューの佐野章二様、佐野未来様、ほか御一同様に厚くお礼を申し上げます。

興陽館編集部

*『ビッグイシュー』は、ホームレスの社会復帰への貢献を目的に英国で創刊されたストリート雑誌です。日本版は２００３年から発行が始まりました。雑誌の販売の売り上げの半分以上が、販売者のホームレスの方の収入となり生活やアパート入居など自立のための資金となります。

ホームレス川柳

野良猫が俺より先に飼い猫に

2016年2月29日初版第一刷発行

興陽館編集部

発行者　笹田大治
発行所　株式会社興陽館
　　　　東京都文京区西片1-17-8KSビル
　　　　〒113-0024
　　　　TEL　03-5840-7820
　　　　FAX　03-5840-7954
　　　　URL　http://wwww.koyokan.co.jp
　　　　振替　00100-2-82041

イラスト　山元かえ
ブックデザイン　武田厚志（SOUVENIR DESIGN INC.）
編集人　本田道生

印刷所　KOYOKAN.INC
製本　ナショナル製本共同組合

ISBN978-4-87723-197-2C0092